Nota do Autor

Sem dúvida, Jesus é a pedra angular de boa parte das religiões. E, mesmo quando não é, ainda assim é, no mínimo, citado; até mesmo por aqueles que se dizem descrentes.

Para cada grupo, há um determinado Jesus; imaginado e interpretado segundo sua própria mente e convicção.

Mas, há crentes se dizem defensores do nome de Jesus e combatem veementemente a quem desenhe ou defina um Jesus de modo diferente do estabelecido por eles.

Porém, ao analisarmos os rituais, ritos e cultos que os crentes fazem em "nome de Jesus", notamos certas divergências diametralmente opostas, se compararmos tais práticas com a trajetória e ministério do próprio Jesus descrito nos registros bíblicos.

Ora, se os crentes afirmam que o verdadeiro Jesus é o que pregam, mas, que não há semelhança com o Jesus da bíblia, talvez devêssemos também adequar a vida de Jesus à imagem e semelhança daqueles que proferem seu nome; criando assim um Jesus Crente!

Prólogo

Deserto da Judeia, manhã de sábado.

Então foi conduzido Jesus pelo Espírito ao deserto, para ser tentado pelo diabo.
E, tendo jejuado quarenta dias e quarenta noites, depois teve fome; e, chegando-se a ele, o tentador, disse: Se tu és o Filho de Deus, manda que estas pedras se tornem em pães.

Ele, porém, respondendo, disse: Está escrito: O Senhor é o meu pastor, nada me faltará". E abençoou Jesus as pedras que estavam a seus pés e eis que converteram-se em pães.

Então o diabo o transportou à cidade santa, e colocou-o sobre o pináculo do templo e disse-lhe: Se tu és o Filho de Deus, lança-te de aqui abaixo; porque está escrito: "Que aos seus anjos dará ordens a teu respeito, E tomar-te-ão nas mãos, Para que nunca tropeces com o teu pé em alguma pedra".

Então precipitou-se Jesus templo abaixo para provar, ao tentador, a própria fé nas escrituras e dois relâmpagos dourados rasgam os céus e vão em sua direção.

Capítulo I – O Templo

Jerusalém, cidade sagrada.

Nas ruas, há pessoas nas mais diversas atividades: estrangeiros, viajantes, mercadores, comerciantes e soldados romanos. Os judeus, por outro lado, deslocam-se ao grande templo para um objetivo em comum: guardar o dia santo. Um judeu paralítico, à porta do templo, pede esmolas aos que passam, não importando a região, religião ou qual objetivo pertença ou exerça.

Subitamente, um homem na rua olha para o alto do templo e grita aterrorizado:
— O que é aquilo em nome de Deus?

Todos nas proximidades param o que estão fazendo e começam a olhar na mesma direção que o homem indicara. Até aquele que pedia esmolas esquece de sua paralisia e levanta para ver o que sucedera: É Jesus descendo dos céus escoltado por dois anjos com armaduras de ouro. Eles pousam suavemente em frente aos portais.

Após o pouso, a trindade caminha para entrar no templo. Jesus vai à frente e os anjos logo atrás, um à esquerda e outro à direita. O perímetro inteiro os observa em tamanho silêncio que seus passos podem ser perfeitamente ouvidos.

Ao entrar no templo, Jesus vai em direção ao altar e todos se prostram perante sua presença.

No altar, os sacerdotes e doutores da lei engolem seco ao ver as entidades indo em sua direção.

Caifás, o sumo sacerdote, preparava-se para abrir o rolo da sagrada escritura no púlpito; porém ao olhar para Jesus, que já estava à sua frente, entrega-lhe o rolo e retira-se em reverência.

Jesus posiciona-se atrás do púlpito, com um anjo de cada lado, abre o rolo, olha para o povo e fica em silêncio.

Os portais ficam pequenos para a multidão de estrangeiros que espremem-se para ver àqueles que vieram do alto. Ao ouvir os estrangeiros indagando-se acerca daquele que chegara, o paralítico, agora de pé, grita para a multidão:
— Esse é o nosso messias a quem nossos profetas anunciaram; vem e vê.

O ex paralítico entra às pressas no templo e a multidão segue após ele quase o atropelando.

Jesus espera até que todos estejam acomodados para ouvi-lo, então cumprimenta:
— Paz seja convosco.

Ao obter apenas o silêncio como resposta, Jesus orienta:
— Digam todos: "amém"!
— Amém! — Responde a multidão.

Jesus então anuncia:
— Em verdade, vos digo que tudo o que tens lido e ouvido, até os dias de hoje, cumpre-se nesse momento! — Declamou Jesus com o dedo em cima do rolo. — Eu desci do alto e os varões a meu lado testificam a meu respeito; eu vim para aquele que creu nas promessas e para abrir os olhos daquele que não conhece ou não creu. Eu vim para os judeu, mas, também para o romano, o gentio e todo ser vivente na terra, essa é a boa nova que vos trago. Essa é a casa do vosso pai, onde está a presença dele; lá fora, o diabo está encioso pelas vossas vidas, mas, aqui, estais protegidos, quem crê nisso diga amém!
— Amém! — Responde a já instruída multidão.
— Deus é com vocês, mas, você é com Deus? O que tens feito por ele? Não responda, apenas reflita! Este templo estava quase vazio quando aqui cheguei. Esta é a casa de meu pai, mas, também de todo aquele que for declarado filho; e o filho obedece ao pai.

A multidão ouve em silêncio e Jesus faz um apelo:
— Quero convidar você a ofertar à casa do Senhor. Não dê aquilo que esteja sobrando, dê o melhor para Deus. Você pode pensar que só tem o suficiente para os mantimentos da casa ou até mesmo só para o aluguel; quantos aqui querem cear na presença do altíssimo e morar nas mansões celestiais onde as ruas são de ouro e de cristal? Para receber o melhor, deve-se oferecer o melhor.

O apelo de Jesus tocou os corações de todos; tanto judeus, romanos e estrangeiros que dizimaram e ofertaram generosamente. E admiraram-se os doutores pela arrecadação nunca antes vista diante deles. Afinal, os dízimos estavam cada vez menores e com menos frequência, uma vez que a excessiva cobrança de impostos tornara-se álibe para os judeus desanimados abandonarem o templo somada à opressão romana e a demora do messias. Portanto, os sacerdotes doutores da lei concluiram que, de fato, Jesus é aquele por quem aguardavam. O fato ganhou notoriedade e espalhou-se rapidamente por toda Jerusalém.

Capítulo II – O Primeiro Milagre (a primeira campanha)

Três dias depois, fizeram-se umas bodas em Caná da Galileia e estava ali a mãe de Jesus. Também foi convidado Jesus e os seus discípulos para as bodas. Em virtude da grande repercussão do que ocorrera no templo, Jesus era muito procurado e aclamado pela multidão. Por isso, usava Jesus um manto vermelho sobre a cabeça, cobrindo-lhe completamente o rosto, mesclando-se, portanto, entre os convidados sem ser notado.

E, faltando vinho, a mãe de Jesus lhe disse:

— Eles não têm mais vinho.

Disse-lhe Jesus:

— Mulher, que tenho eu contigo? Ainda não é chegada a minha hora.

Sua mãe disse aos serventes:

— Fazei tudo quanto ele vos disser.

E estavam ali postas seis talhas de pedra, para as purificações dos judeus, e em cada uma cabiam dois ou três almudes.

Disse-lhes Jesus:

— Enchei de água essas talhas.

E encheram-nas até em cima.

E disse-lhes:

— Tirai agora, e levai ao mestre-sala.

Então um serviçal tirou um pouco da água numa jarra, pôs sobre uma bandeja com algumas taças e levou ao mestre-sala.

E, logo que o mestre-sala provou, sua face assumiu um semblante de asco e cuspiu, instintivamente, a água no rosto do serviçal que permaneceu parado e sem reação.

— Mas, isso é água! E o sabor assemelha-se a pés sujos. Acaso isso é alguma zombaria? Receberás dez chibatadas! — Ordenou o mestre-sala.

Observando o ocorrido, Jesus arranca o manto da cabeça e intervém:

— Não faças mal ao criado!

Ao verem que se tratava de Jesus, os músicos cessam a melodia e todos são tomados por temor e admiração.

Jesus vai à frente e prega:

— É isso mesmo: água! O vinho embriaga, mas, a água traz vida. O vinho traz dissolução, a água traz lucidez. O vinho suja o corpo, mas, até a mais impura das águas purificou Naamã. O vinho afasta você do templo, a água o faz atravessar até o deserto. O vinho pode acabar, mas, a água nasce em mananciais. O vinho é do diabo, a água é de Deus. De agora em diante, todo aquele que se diz crente deve abster-se do vinho.

Todos baixam as cabeças envergonhados e despejam todo o vinho que restava em seus copos e taças.

Ainda com a palavra, Jesus prega a todos os presentes:

— Vejo que todos aqui tomaram a decisão certa. Se me aceitares e me ouvires, certamente sereis libertos. Eu vim para vos libertas de todas as prisões, inclusive da bebida forte. Eis que instituo a campanha "Água Viva". Ainda hoje, procure a sinagoga mais próxima, apresente a sua oferta e você receberá a água consagrada que você pode beber, preparar seu alimento e purificar a si e à sua casa. Faça um propósito de sete semanas nessa campanha e você testemunhará as maravilhas que deus fará em sua vida.

Desde então, o consumo de vinho diminuiu consideravelmente em toda Galileia assim como a frequência às sinagogas cresceu exponencialmente. Esse foi considerado um grande milagre, pois, toda quantia dispensada ao consumo de vinho, era agora utilizada como oferta de adoração a Deus. Até mesmo os que não bebiam vinho também participavam da campanha "Água Viva".

Capítulo III – Os Vendilhões do Templo

E estava próxima a páscoa dos judeus, e Jesus subiu a Jerusalém. E achou no templo os que vendiam bois, e ovelhas, e pombos, e os cambiadores assentados.

E tendo feito um azorrague de cordéis, lançou todos fora do templo, também os bois e ovelhas; e espalhou o dinheiro dos cambiadores, e derribou as mesas; e disse aos que vendiam pombos:
— Tirai daqui estes, e não façais da casa de meu Pai casa de venda. De agora em diante, todo aquele que quiser oferecer algum sacrifício a deus, que o faça em ouro, prata ou cobre; trazei também todos os dízimos e ofertas alçadas à casa do meu pai e rejeitais a voz do diabo que, em nada, defraudes a deus. Este templo levou quarenta anos para ser erguido e necessita de constantes reparos para assim permanecer. De que aproveita o sangue derramado de um animal enquanto as paredes da minha casa sofrem com o desgaste do tempo? Eis que instituo uma nova campanha, a campanha de Abraão! Porque, assim como Abraão ofereceu seu sacrifício e foi abençoado, também vós trareis o vosso sacrifício ao gazofilácio do templo.

E os seus discípulos lembraram-se do que está escrito: "O zelo da tua casa me consome".

Capítulo IV – A Mulher Samaritana (a primeira evangelista)

Deixou Jesus a Judeia, e foi outra vez para a Galileia e era-lhe necessário passar por Samaria.

Foi, pois, a uma cidade de Samaria, chamada Sicar, junto da herdade que Jacó tinha dado a seu filho José.

E estava ali a fonte de Jacó. Jesus, pois, cansado do caminho, assentou-se assim junto da fonte; era isto quase à hora sexta.

Veio uma mulher de Samaria tirar água. Disse-lhe Jesus:

— Dá-me de beber.

Porque os seus discípulos tinham ido à cidade comprar comida. Disse-lhe, pois, a mulher samaritana:

— Como, sendo tu judeu, me pedes de beber a mim, que sou mulher samaritana? (porque os judeus não se comunicam com os samaritanos).

Jesus respondeu, e disse-lhe:

— Se tu conheceras o dom de Deus, e quem é o que te diz: "Dá-me de beber". Tu lhe pedirias, e ele te daria Água Viva".

Disse-lhe a mulher:

— Refere-se à campanha dos galileus? Muitos têm participado e alcançado muitas graças. Infelizmente, sendo eu samaritana, não poderia participar.

Disse, porém, Jesus:

— Em verdade, eu sou aquele que instituiu tal campanha; e, em verdade, te digo que ela não é para o galileu, judeu ou samaritano; mas, é para todo aquele que crê.

Disse-lhe a mulher:

— Senhor, dá-me dessa água!

— Estás convidada a participar da campanha de sete semanas na sinagoga, onde receberás a água viva. Vá você e seu marido.

A mulher respondeu, e disse:

— Não tenho marido.

Disse-lhe Jesus:

— Disseste bem: "Não tenho marido". O espírito me revela que cinco maridos tiveste; e, o que agora tens, não é teu marido. O diabo a tem induzido a uma vida de pecado, mas, hoje, tens a oportunidade de uma vida de arrependimento.

Disse-lhe a mulher:

— Senhor, vejo que tens o dom da revelação. Nossos pais adoraram neste monte, e vós dizeis que é em Jerusalém o lugar onde se deve adorar.

Disse-lhe Jesus:

— Mulher, em Jerusalém, temos uma campanha muito forte: a campanha de Abraão! Faça um propósito também de participar, em Jerusalém, e grandes coisas deus fará em vossa vida. Vós adorais o que não sabeis; nós adoramos o que sabemos porque a salvação vem dos judeus. Mas a hora vem, e agora é, em que os verdadeiros adoradores adorarão o Pai em espírito e em sua presença; porque o Pai procura a tais que assim o adorem.

A mulher disse-lhe:

— Eu sei que o Messias, que se chama o Cristo, vem; quando ele vier, nos anunciará tudo.

Jesus disse-lhe:

— Eu o sou, eu que falo contigo.

Deixou, pois, a mulher o seu cântaro, e foi à cidade, e disse aos que encontrou:

— Vinde, vede um homem que me disse tudo quanto tenho feito. Porventura não é este o Cristo?

Saíram, pois, da cidade, e foram ter com ele. E indo, pois, ter com ele os samaritanos, rogaram-lhe que ficasse com eles; e ficou ali dois dias. E muitos mais creram nele, por causa da sua palavra. E diziam à mulher:

— Já não é pelo teu dito que nós cremos; porque nós mesmos o temos ouvido, e sabemos que este é verdadeiramente o Cristo, o Salvador do mundo.

E, dois dias depois, partiu Jesus dali e foi para a Galileia na companhia de uma numerosa multidão de samaritanos também para participar da campanha Água Viva. E admiraram-se os galileus pelo dom de evangelização de Jesus por agregar tantas pessoas à campanha.

Capítulo V – A Cura do Filho de Um Nobre

Estando pela segunda em Caná da Galileia, onde fora instituída a campanha da Água Viva, havia ali um nobre cujo filho estava enfermo em Cafarnaum.

Ouvindo este que Jesus vinha da Judeia para a Galile+ ia, foi ter com ele, e rogou-lhe que descesse, e curasse o seu filho, porque já estava à morte.

Então Jesus lhe disse: Se não virdes sinais e milagres, não crereis.

Disse-lhe o nobre:

— Senhor, desce, antes que meu filho morra.

Disse-lhe Jesus:

— Tens alguma peça de roupa de teu filho?

— Tenho! — Respondeu o nobre.

— Hoje, às sete horas, teremos a campanha da Água Viva na sinagoga. Esteja presente, leve consigo a peça de roupa, apresente o seu filho e estaremos orando por ele. Você também estará recebendo a água consagrada para levar para teu filho e toda sua família. O diabo fará de tudo para que não vás à reunião, mas, esforça-te pelo reino de deus e coisas grandes alcançarás.

E assim sucedeu: o nobre se fez presente, pontualmente, na campanha da Água Viva, ofertou, recebeu a oração e foi.

E, descendo ele logo a Cafarnaum, saíram-lhe ao encontro os seus servos, e lhe anunciaram, dizendo:

— O teu filho vive.

Perguntou-lhes, pois, a que hora se achara melhor. E disseram-lhe:

— Ontem às sete horas a febre o deixou.

Entendeu, pois, o pai que era aquela hora a mesma em que esteve na campanha intercedendo por seu filho; e creu ele, e toda a sua casa. E passou, não só o nobre, como toda sua família e empregados a frequentarem o templo, bem como o jovem, outrora enfermo, a testemunhar sobre sua cura; e todos participavam de todos os propósitos e campanhas da congregação.

Capítulo VI – Jesus e Os Nazarenos

E, chegando a Nazaré, onde fora criado, entrou num dia de sábado, segundo o seu costume, na sinagoga, e levantou-se para ler.

E foi-lhe dado o livro do profeta Isaías; e, quando abriu o livro, achou o lugar em que estava escrito:

— O Espírito do Senhor é sobre mim, Pois que me ungiu para evangelizar os pobres. Enviou-me a curar os quebrantados de coração, a pregar liberdade aos cativos, e restauração da vista aos cegos, a pôr em liberdade os oprimidos, a anunciar o ano aceitável do Senhor.

E, cerrando o livro, e tornando-o a dar ao ministro, assentou-se; e os olhos de todos na sinagoga estavam fitos nele.

Então começou a dizer-lhes:

— Hoje se cumpriu esta Escritura em vossos ouvidos.

E todos lhe davam testemunho, e se maravilhavam das palavras de graça que saíam da sua boca; e diziam: "Não é este o filho de José"?

E ele lhes disse:

— Sem dúvida me direis este provérbio: "Médico, cura-te a ti mesmo; faze também aqui na tua pátria tudo que ouvimos ter sido feito em Cafarnaum".

E disse mais:

— Em verdade vos digo que nenhum profeta é bem recebido na sua pátria. Em verdade muitas viúvas existiam em Israel nos dias de Elias, quando o céu se cerrou por três anos e seis meses, de sorte que em toda a terra houve grande fome; e a nenhuma delas foi enviado Elias, senão a Sarepta de Sidom, a uma mulher viúva. E muitos leprosos havia em Israel no tempo do profeta Eliseu, e nenhum deles foi purificado, senão Naamã, o siro. O diabo quer bloquear as bênçãos em vossa vida, mas, hoje, tendes a oportunidade de viver a boa nova que vos trago.

E todos, na sinagoga, ouvindo estas coisas, se encheram de ira. E, levantando-se, o expulsaram da cidade, e o levaram até ao cume do monte em que a cidade deles estava edificada, para dali o precipitarem e desafiaram-no:

— Ouvimos que desceste do alto do templo em Jerusalém! Desce daqui abaixo e creremos em ti.

Igualmente, Jesus pulou do cume invocando os anjos que imediatamente o tomaram nos braços e o levaram ao solo. E todos os que presenciaram isso sentiram grande temor e creram que tratava-se do Cristo.

Jesus, porém, estando abaixo do monte, retirou-se.

Capítulo VII – A Instituição Dos Cultos

E, outra vez entrou na sinagoga, estava ali um homem que tinha uma das mãos mirrada. E estavam observando-o se curaria no sábado.

E disse ao homem que tinha a mão mirrada:

— Levanta-te e vem para o meio.

E perguntou-lhes:

— É lícito no sábado fazer bem, curar ou orar pelos enfermos?

E eles calaram-se.

E disse ao homem:

— Estende a tua mão.

E ele a estendeu, e foi-lhe restituída a sua mão, sã como a outra.

E vendo Jesus que a multidão, com os mais variados problemas, o procurava diariamente, decidiu dividir cada categoria de problema para determinado dia da semana. E anunciou:

— **Segunda**: Reunião da Prosperidade, para você que está com dificuldades financeiras, que quer abrir um negócio próprio ou se tornar um grande mercador.

Terça: Reunião Dos Milagres e Causas Impossíveis, para você que tem alguma enfermidade, ou algo impossível aos vossos olhos.

Quarta: Reunião para as mulheres, onde deus estará dando sabedoria às mulheres para edificarem seus lares.

Quinta: Reunião para os homens, onde deus estará derramando suas bençãos sobre aqueles são os cabeças da casa.

Sexta: Reunião de libertação, onde deus estará libertando você das opressões demoníacas. Você que vê vultos, ouve vozes ou sente dores de cabeça.

Sábado: Reunião para todos os jovens e moços.

Domingo: Reunião para a família. Venha você e sua família para estar na presença do criador. E haverá congressos, seminários e eventos para que vós também cresçais na graça e no conhecimento.

Jesus faz uma pergunta a todos:

— Quem aqui tem fé levante a mão.

Todos levantaram as mãos.

Jesus então dá um testemunho:

— Pessoal, antes de iniciar meu ministério, estive no deserto por quarenta dias e quarenta noites e o diabo perguntou-me se eu tinha fé o suficiente para pular do pináculo do templo. Recentemente, em Nazaré, também fui desafiado por várias pessoas, influenciadas pelo inimigo, a pular do alto de um monte. Nunca neguei, mas provei a minha fé e o pai sempre me respondeu diante dos olhos de todos. Há uma relação entre deus e todo aquele que sobe o monte, desde Moisés. É hora também de vocês provarem a vossa fé. Não vou pedir para que você suba ou pule de algum monte ou pináculo, mas, quero perguntar se você tem fé de ficar única e exclusivamente na dependência de deus, assim como estive amparado apenas pelos anjos. Você talvez pense que as bênçãos sobre sua vida venha de um gado, uma jumenta, algumas ovelhas, uma colheita ou uma propriedade. Quero lançar um desafio: Entrega tudo o que tens a deus e ele o há de multiplicar abundantemente; assim como a viúva de Sarepta entregou sua única farinha e azeite ao profeta, e sua botija e panela nunca mais ficaram vazias, você trará o seu sacrifício aqui à frente e eu e meus discípulos subiremos o monte para interceder pela causa de cada um de vocês. Quem crê nisso, venha aqui à frente.

E muitos creram na palavra de Jesus e foram à frente aceitar o desafio. Porém, alguns ainda permaneceram em seus lugares, não aceitando o desafio proposto, mas, Jesus os encorajou:

— Irmãos, não endureçais o coração ao ouvir a voz do espírito, nem deis lugar ao diabo. Entrega o teu caminho ao senhor, confia nele e mais ele fará.

Diante da palavra de Jesus, todos os outros também foram à frente. E, no decorrer da corrente, a arrecadação com a campanha foi tal como nunca antes se tivera notícia.

Capítulo VIII – A Escolha Dos Apóstolos, O Sermão do Monte

Jesus e os discípulos subiram o monte para clamar por todos aqueles que aceitaram o propósito. Muitos eram os nomes apresentados. E passaram a noite em oração a deus.

E, quando já era dia, percebeu Jesus que a multidão de pessoas em busca de oração e bênçãos crescia aceleradamente e chamou a si os seus discípulos, e escolheu doze deles, a quem também deu o nome de apóstolos: Simão, ao qual também chamou Pedro, e André, seu irmão; Tiago e João; Filipe e Bartolomeu; Mateus e Tomé; Tiago, filho de Alfeu, e Simão, chamado Zelote; Judas, irmão de Tiago, e Judas Iscariotes. Estes, o ajudariam em seu ministério. E Jesus testemunhou a respeito deles:
— Estes, são os meus escolhidos, os quais vos dou autoridades sobre todas as obras das trevas. Sobre estes, o diabo não tem poder algum.

E, descendo com eles, parou num lugar plano, e também um grande número de seus discípulos, e grande multidão de povo de toda a Judeia, e de Jerusalém, e da costa marítima de Tiro e de Sidom; os quais tinham vindo para o ouvir, e, os que necessitavam de cura, eram convidados para as reuniões de terça; como também os atormentados dos espíritos imundos, que eram convidados para as reuniões de sexta; e assim, segundo à própria necessidade.

E, levantando ele os olhos para os seus discípulos, dizia:
— Bem-aventurados vós, os pobres, porque a riqueza os alcançará. Bem-aventurados vós, que agora tendes fome, porque sereis fartos. Bem-aventurados vós, que agora chorais, porque haveis de sorrir. Bem-aventurados sereis quando os homens vos odiarem e quando vos separarem, e vos injuriarem, e rejeitarem o vosso nome como mau, e todo aquele que não vos estender a mão, durante a vossa tribulação, quando estiverdes na bênção, haverão de se arrepender. Folgai nesse dia, exultai; porque eis que é grande o vosso galardão na terra, pois assim viveu o vosso pai Abraão. Mas ai de vós, ricos e fartos, que julgais possuir o bastante, pois, coisas ainda maiores poderias receber. E não vos esqueçais do autor da bênção, pois, dele provém todas as coisas: Dai, e ser-vos-á dado; boa medida, recalcada, sacudida e transbordante.

Capítulo IX – Jesus Envia Os Apóstolos

E, partindo dali, Jesus chegou à sua pátria, e os seus discípulos o seguiram.

E, chegando o sábado, começou a ensinar na sinagoga; e muitos, ouvindo-o, se admiravam, dizendo:

— De onde lhe vêm estas coisas?

— Que sabedoria é esta que lhe foi dada?

— Como se fazem tais maravilhas por suas mãos?

— Não é este o carpinteiro, filho de Maria, e irmão de Tiago, e de José, e de Judas e de Simão? E não estão aqui conosco suas irmãs?

E escandalizavam-se nele, e Jesus lhes dizia:

— Por que deixeis que o diabo fale através de vós? Não há profeta sem honra senão na sua pátria, entre os seus parentes, e na sua casa.

Então, para que cressem nele, operou grandes milagres e maravilhas; e curou todos os enfermos, impondo-lhes as mãos e estava admirado da incredulidade deles. E percorreu as aldeias vizinhas, convidando para comparecerem às reuniões no templo. E, durante a reunião principal, chamou os doze apóstolos à frente, apresentou aos presentes e solicitou uma nova oferta:

— Estes são os meus doze escolhidos os quais enviarei a expandir a minha obra. Quero pedir a vocês uma **oferta de missão** para custear-lhes os gastos com transporte, alimentação e hospedagem. Contribuindo comeste propósito, você estará ajudando a propagar o Evangelho e a missão dada por mim.

Jesus então pediu a todos que estendessem as mãos em direção aso apóstolos e orou pelos doze, dando-lhes poder sobre os espíritos imundos. E tamanha foi a arrecadação para a oferta de missões, para que nada faltasse aos discípulos por onde quer que andassem.

Então, chamou a si os doze, e começou a enviá-los a dois e dois. E, saindo eles, pregavam para que se convertessem. E expulsavam muitos demônios, e ungiam muitos enfermos com óleo, e os curavam. E faziam apelos para que ofertassem propriedades, em nome de Jesus, e iniciavam novos templos que cresciam aceleradamente dada a abundante presença de crentes fiéis e generosas contribuições arrecadadas (cuja correspondente parte era enviada para o grande templo em Jerusalém), bem como novos discípulos locais eram levantados para diversos ministérios, como tesoureiros, diáconos, levitas, sacerdotes, dentre outros.

Capítulo X – As Cidades Impenitentes

Enquanto os apóstolos faziam os trabalhos de missões, Jesus continuava a realizar a evangelização dos povos. Porém, em certas cidades, Jesus reparou que, apesar de curar e operar milagres, a frequência aos cultos não era o esperado; e lançou-lhes isso em rosto:

— Ai de ti, Corazim! Ai de ti, Betsaida! Pois, porque rejeitastes a salvação, terás parte com o diabo. Porque, se em Tiro e em Sidom fossem feitos os prodígios que em vós se fizeram, há muito já estariam adorando no templo. Por isso eu vos digo que haverá menos rigor para Tiro e Sidom, no dia do juízo, do que para vós. E tu, Cafarnaum, que te ergues até ao céu, serás abatida até ao inferno; porque, se em Sodoma tivessem sido feitos os prodígios que em ti se operaram, hoje, nelas haveria um grande templo de adoração a deus. Eu vos digo, porém, que haverá menos rigor para os de Sodoma, no dia do juízo, do que para ti.

Naquele tempo, respondendo Jesus, disse:

— Todas as coisas me foram entregues por meu Pai, e se alguém tais coisas quiser, venha a mim e peça. Vinde a mim, todos os que estais desempregados e oprimidos, e eu vos prosperarei. Tomai sobre vós o meu jugo, e aprendei de mim, que sou fartura e riqueza na terra; e encontrareis abundância para as vossas causas, porque o meu próspero é suave e o meu fardo é farto.

Capítulo XI – Jesus Ensina A Orar

Numa lotada reunião de prosperidade no templo, Jesus chamou à frente os que iriam entregar suas ofertas de sacrifício. Nem todos puderam ir à frente, pois, numerosa era a multidão que fielmente cumpria com o voto. Jesus então pediu para que erguessem nas mão sua bolsa contendo o sacrifício em ouro, prata ou bronze orientou:
— Cultivai o hábito de fazer a vossa oferta diante dos homens e, diante dos homens, o pai vos retribuirá. Quando deres oferta, será motivo de festejo, palmas e alegria, bem como semelhante festa ocorre no céu. O diabo falará para que não oferteis, vos fará lembrar das vossas dívidas e dos vossos compromissos com o mundo; em verdade, vos digo que todo aquele que prioriza o mundo, o pai não o priorizará. Nada há em secreto que não seja revelado, todo aquele que envergonhar-se do pai, o pai envergonhar-se-á dele no juízo. E, quando orares, que as paredes do inferno estremeçam e todos saibam que és de deus, portanto, faça-o sempre de pé nos templos ou sinagogas. E, mesmo orando e não recebendo, continueis a repetir, como fazem os gentios, afinal, a persistência deles não deve ser maior que a vossa. Deveis não apenas assemelhar-se como ser a referência a eles, pois, muitos ímpios e gentios são abençoados, quando a bênção deveria ser vossa.

Jesus pediu para que todos fechassem os olhos e repetisse sua oração:
— Portanto, vós orareis assim: Pai nosso, que estás aqui, neste lugar santo de adoração que é lugar de tua habitação, santificado seja o teu nome, que separa o que é teu e o que é do mundo; venha o teu reino, seja feita a tua vontade, assim como o voto, ordenado por ti, hoje é cumprido; e dai-nos condições de cumprir com os propósitos aqui firmados, pois, os filhos do dono do ouro e da prata, nada devem dever a ninguém. E não nos deixeis cair em tentação, ao cogitar por descumprir algum propósito contigo, pois, é melhor que não vote do que votar e não cumprir, atraindo maldições, amém!

Capítulo XII – O Endemoninhado Gadareno

E, continuando sua missão de propagação do evangelho, viajou Jesus de barco até a província dos gadarenos.

E, saindo ele do barco, lhe saiu logo ao seu encontro, dos sepulcros, um homem com espírito imundo; qual tinha a sua morada nos sepulcros, e nem ainda com cadeias o podia alguém prender; porque, tendo sido muitas vezes preso com grilhões e cadeias, as cadeias foram por ele feitas em pedaços, e os grilhões em migalhas, e ninguém o podia amansar.

E andava sempre, de dia e de noite, clamando pelos montes, e pelos sepulcros, e ferindo-se com pedras.

E, quando viu Jesus ao longe, correu e adorou-o.

E, clamando com grande voz, disse:

— Que tenho eu contigo, Jesus, Filho do Deus Altíssimo? conjuro-te por Deus que não me atormentes.

Isso, porque Jesus lhe dissera:

— Toda obra do diabo, espírito imundo, manifesta-te agora, eu te ordeno.

E Jesus perguntou-lhe:

— Qual é o teu nome?

E lhe respondeu, dizendo:

— Legião é o meu nome, porque somos muitos.

Então Jesus pôs a mão sobre a cabeça do homem e chamou cada um dos demônios pelo nome:

— Azazel, Behemoth, Leviatã, Arauto Calvário, Sete Túnicas, Zé Glutão, Jezabel Girante, Tranca Via...

E a legião de demônios rogava-lhe muito que os não enviasse para fora daquela província. E andava ali pastando no monte uma grande manada de porcos. E todos aqueles demônios lhe rogaram, dizendo:

— Manda-nos para aqueles porcos, para que entremos neles.

E Jesus logo lho permitiu. E, saindo aqueles espíritos imundos, entraram nos porcos; e a manada se precipitou por um despenhadeiro no mar (eram quase dois mil), e afogaram-se no mar. E os que apascentavam os porcos fugiram, e o anunciaram na cidade e nos campos; e saíram muitos a ver o que era aquilo que tinha acontecido.

E foram ter com Jesus, e viram o endemoninhado, o que tivera a legião, assentado, vestido e em perfeito juízo, e temeram.

E os que aquilo tinham visto contaram-lhes o que acontecera ao endemoninhado, e acerca dos porcos.

E, chegando a hora de partir, Jesus reuniu-se com os discípulos para embarcar. E, ao entrar ele no barco, rogava-lhe o que fora endemoninhado que o deixasse estar com ele. Jesus, porém, não lho permitiu, mas disse-lhe:

— Vai para tua casa, para os teus, e anuncia-lhes quão grandes coisas o Senhor te fez, e como teve misericórdia de ti. Procura o templo mais próximo, tu e tua família, e participa das reuniões de sexta, para fazer a campanha de libertação, para que, verdadeiramente, sejas livre.

Capítulo XIII – O Leproso e O Paralítico

Estava Jesus na cidade de Cafarnaum, pregando, evangelizando e convidando os moradores a estarem presentes nos templos, para participarem das campanhas e propósitos que, cada vez mais, crescia em número de pessoas.

E eis que um homem cheio de lepra, vendo a Jesus, prostrou-se sobre o rosto, e rogou-lhe, dizendo:

— Senhor, se quiseres, bem podes limpar-me.

E ele, estendendo a mão, tocou-lhe, dizendo:

— Hoje, terça, às sete horas, haverá a reunião dos milagres e causas impossíveis. Vá até lá, chegue cedo, leve um convidado e deus o responderá.

Continuou Jesus sua evangelização, até que sentiu sede e foi convidado a entrar numa casa; e logo a casa encheu completamente a ponto grande multidão formar-se também do lado de fora.

E eis que uns homens transportaram numa cama um homem que estava paralítico, e procuravam fazê-lo entrar e pô-lo diante de Jesus.

E, não achando por onde o pudessem levar, por causa da multidão, subiram ao telhado, e, por entre as telhas, o baixaram com a cama, até ao meio, diante de Jesus.

E, vendo ele a fé deles, disse-lhe:

— Homem, grande é a fé daqueles que to aqui trouxeram. Hoje, às sete horas, haverá a reunião dos milagres e causas impossíveis. O diabo colocará impedimentos para não ires, mas, eu abençoo aqueles que te aqui desceram, para que o levem também até o templo onde estaremos orando por todos os enfermos.

Durante o culto das sete horas, o templo ficou pequeno para a quantidade de pessoas presentes para receber e observar os milagres.

E Jesus chamou à frente o leproso e o paralítico que havia convidado durante o dia. Jesus orou por ambos e eis que o leproso ficou limpo e o paralítico andou imediatamente.

E os escribas e os fariseus começaram a regozijar-se, dizendo:

— Nunca vimos alguém que agregasse tantos membros e visitantes ao nosso templo. Quem é este senão o escolhido de deus?

E, vendo Jesus que o templo tornara-se insuficiente para os frequentadores, instituiu também as mesmas reuniões, que ocorriam à noite, também durante o dia, para que mais membros pudessem participar.

Capítulo XIV – A Mulher Hemorrágica, A Filha de Jairo

Ainda de barco, Jesus passou para o outro lado. E ajuntou-se a ele uma grande multidão; e ele estava junto do mar.

E eis que chegou um dos principais da sinagoga, por nome Jairo, e, vendo-o, prostrou-se aos pés de Jesus.

E rogava-lhe muito, dizendo:

— Minha filha está à morte; rogo-te que venhas e lhe imponhas as mãos, para que sare, e viva. E foi com ele, e seguia-o uma grande multidão, que o apertava.

E certa mulher que, havia doze anos, tinha um fluxo de sangue; e que havia padecido muito com muitos médicos, e despendido grandes somas de dinheiro, porém, nada lhe aproveitando isso, antes indo a pior.

Ouvindo falar de Jesus, veio por detrás, entre a multidão, e tocou na sua veste, porque dizia:

— Se tão-somente tocar nas suas vestes, sararei.

E logo se lhe secou a fonte do seu sangue; e sentiu no seu corpo estar já curada daquele mal. E logo Jesus, conhecendo que a virtude de si mesmo saíra, voltou-se para a multidão, e disse:

— Quem tocou nas minhas vestes?

E disseram-lhe os seus discípulos:

— Vês que a multidão te aperta, e dizes: "Quem me tocou"?

E ele olhava em redor, para ver a que isto fizera. Então a mulher, que sabia o que lhe tinha acontecido, temendo e tremendo, aproximou-se, e prostrou-se diante dele, e disse-lhe toda a verdade. E ele lhe disse:

— Filha, a tua fé te curou; faça um propósito de sete terças, na sinagoga mais próxima, para completar a obra de deus em sua vida.

Estando ele ainda falando, chegaram alguns do principal da sinagoga, a quem disseram:

— A tua filha está morta; para que enfadas mais o Mestre?

E Jesus, tendo ouvido estas palavras, disse ao principal da sinagoga:

— Não temas, crê somente.

Era segunda, dia da campanha de prosperidade, porém, Jesus autorizou ao principal da sinagoga (Jairo), a suspender o culto para realização do velório de sua filha.

Embora cancelado o culto, houve até um número maior de pessoas que normalmente estariam presentes numa campanha de segunda.

Havia pranto e choro durante o velório até que, às sete horas, Jesus foi ao púlpito para dar uma palavra:

— Por que vos alvoroçais e chorais? A menina não está morta, mas dorme.

E os incrédulos riam-se dele; porém, descendo Jesus do altar, foi até o corpo e, perguntou:

— Está aqui presente aquela que hoje foi curada do seu fluxo de sangue?

Dentre a multidão, a mulher, outrora hemorrágica, levantou a mão e Jesus a chamou até a frente.

Chegando à frente a mulher, Jesus ficou de mãos dadas com a mulher e a menina e disse ao povo:

— Doze anos atrás, quando iniciara o ciclo de vida desta que aqui está deitada, iniciara o ciclo de morte desta que aqui está de pé. Por doze anos, fora escravizada pelo diabo, mas, hoje, o ciclo de vida recomeça para esta mulher e convém que também haja vida para esta menina, pois, trago vida e vida em abundância.

Então, aproximando o rosto ao da menina, Jesus disse-lhe:

— Talita cumi!

Que, traduzido, é: "Menina, a ti te digo, levanta-te"! E logo a menina se levantou, e andava; e assombraram-se com grande espanto.

O fato ganhou gigantesca repercussão a ponto de outras sinagogas serem inauguradas na região e a menina dava seu testemunho em todas elas e até nas cidades vizinhas. A mulher que ficara

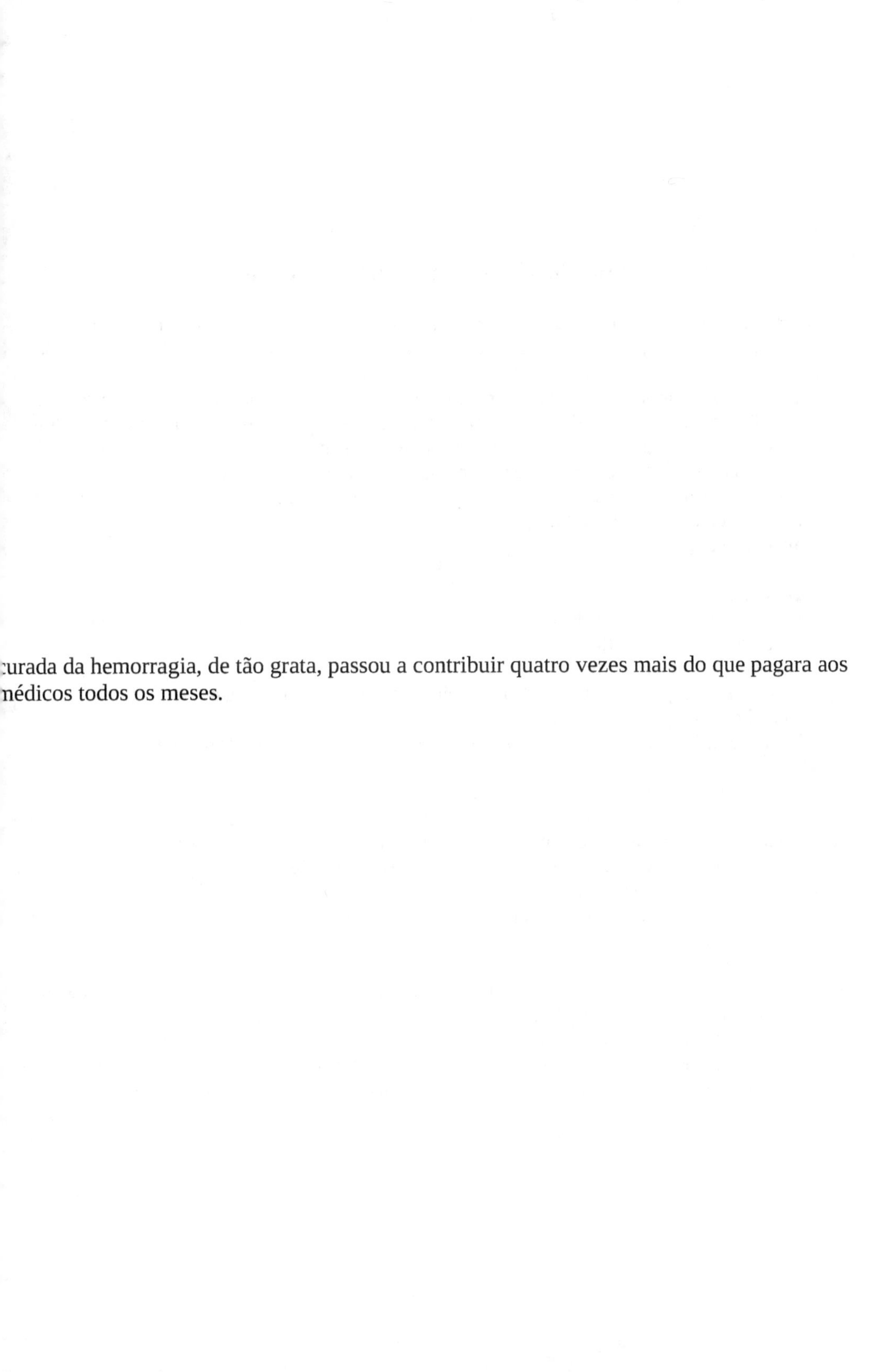

curada da hemorragia, de tão grata, passou a contribuir quatro vezes mais do que pagara aos médicos todos os meses.

Capítulo XV – Jesus Perdoa a Pecadora

Certo dia, um dos fariseus rogou para que Jesus comece em sua casa e assim Jesus o fez.

E eis que uma mulher da cidade, uma pecadora, sabendo que ele estava à mesa em casa do fariseu, levou um vaso de alabastro com unguento.

E, estando por detrás, aos seus pés, chorando, começou a regar-lhe os pés com lágrimas, e enxugava-lhos com os cabelos da sua cabeça; e beijava-lhe os pés, e, entendendo Jesus que tratava se de uma oferta a ele, tomou o vaso das mãos da mulher e agradeceu.

Quando isto viu o fariseu que o tinha convidado, falava consigo, dizendo:

— Se este fora profeta, bem saberia quem e qual é a mulher que lhe tocou, pois é uma pecadora.

E respondendo, Jesus disse-lhe:

— Simão, uma coisa tenho a dizer-te.

E ele disse:

— Dize-a, Mestre.

— Um certo credor tinha dois devedores: um judeu e um gentio. Ambos quitando-lhe a dívida, a qual deles obteve maior gratidão?

E Simão, respondendo, disse:

— Tenho para mim que a ambos! Cada um, quitou conforme sua própria dívida.

E ele lhe disse:

— Julgaste bem! Não há diferença moral para entre aqueles que igualmente cumprem seu propósito.

E, voltando-se para a mulher, disse a Simão:

— Vês tu esta mulher? Entrei em tua casa, e não me deste água para os pés; mas esta regou-me os pés com lágrimas, e os enxugou com os cabelos de sua cabeça. Não me deste ósculo, mas esta, desde que entrou, não tem cessado de me beijar os pés. Não me entregaste presentes, mas esta presenteou-me com este caríssimo unguento. Por isso, ela é muito bem vinda à todas às nossas reuniões da semana, da tarde ou da noite, assim como todos os pecadores que desejem andar em novidade de vida.

E disse Jesus à mulher:

— A tua fé te salvou; chegue cedo para a reunião de hoje, quero atender você antes do início do culto. E não mais dês lugar ao diabo, pois, o ciclo de pecado cessa aqui!

Após sucederem essas coisas, Jesus foi tornou-se amigo, não só dessa mulher, como de sua parentela. E sempre que estava na região, Jesus repousava na casa da mulher, de nome Maria, cuja família era rica e tornaram-se fiéis e assíduos dizimistas e ofertantes da casa de deus.

Capítulo XVI – O Tanque de Bethesda

Depois disto, havia uma festa entre os judeus, e Jesus subiu a Jerusalém.

Ora, em Jerusalém há, próximo à porta das ovelhas, um tanque, chamado em hebreu Bethesda, o qual tem cinco alpendres.

Nestes jazia grande multidão de enfermos, cegos, mancos e ressicados, esperando o movimento da água.

Porquanto um anjo descia em certo tempo ao tanque, e agitava a água; e o primeiro que ali descia, depois do movimento da água, sarava de qualquer enfermidade que tivesse.

E estava ali um homem que, havia trinta e oito anos, se achava enfermo. E Jesus, vendo este deitado, e sabendo que estava neste estado havia muito tempo, disse-lhe:

— Queres ficar são?

O enfermo respondeu-lhe:

— Senhor, não tenho homem algum que, quando a água é agitada, me ponha no tanque; mas, enquanto eu vou, desce outro antes de mim.

Jesus disse-lhe:

— Quero convidar-te a estar num lugar onde a cura não ocorre somente ao agitar de águas, nem apenas o primeiro recebe o milagre. Vá a uma das reuniões do grande templo, na manhã, tarde ou noite, e você estará recebendo a oração da cura divina. Por muito tempo, o diabo vos cegou, fazendo-os pensar que o milagre não era para todos, eis que vos trago um manancial de bençãos no templo diariamente.

E todos os enfermos, ouvindo isso, abandonaram o tanque e foram em direção ao grande templo para participar das reuniões.

Capítulo XVII – Multiplicação de Pães e Peixes: A Primeira Cantina

Em suas pregações nos templos e sinagogas, Jesus sempre contara como esteve quarenta dias e quarenta noites pelo deserto e venceu os desafios de satanás. E prometeu transferir essa autoridade aos discípulos e fiéis lançando a campanha **Vencendo no Deserto.**
— Porque assim como venci ao diabo no deserto, vós também vencereis!

Era o tema da campanha, onde, grande multidão caminharia pelo deserto levantando um clamor em busca da vitória.

Chegado o primeiro dia da campanha, as pessoas vieram de diversas partes para participar da campanha. E durante todo o dia estiveram orando e clamando pelo deserto, quer fosse por um emprego, uma conquista de uma propriedade, uma cura ou uma causa na justiça.

Porém, como desde bem cedo haviam saído de casa para ir ao deserto, os seus discípulos aproximaram-se de Jesus, e lhe disseram:
— O lugar é deserto, e o dia está já muito adiantado. Despede-os, para que vão aos lugares e aldeias circunvizinhas, e **comprem** pão para si; porque não têm o que comer.

Ele, porém, respondendo, lhes disse:
— Quantos pães tendes? Ide ver.

E, sabendo-o eles, disseram:
— Cinco pães e dois peixes.

E ordenou aos discípulos que erguessem barracas e organizassem filas de cem em cem, e de cinquenta em cinquenta em frente às barracas.

E, tomando ele os cinco pães e os dois peixes, levantou os olhos ao céu, abençoou e partiu os pães e peixes, e deu-os aos seus discípulos para que os pusessem a venda nas barracas.

E todos, ordeiramente, compraram pães e peixes nas barracas, comeram e ficaram fartos;

E levantaram doze alcofas cheias de pedaços de pão e de peixe.

E os que compraram os pães e peixes eram quase cinco mil homens (sem contar as mulheres e crianças). E enorme foi a arrecadação com a venda de pães e peixes que, a partir desse evento, também foram postas barracas de venda de alimentos semelhantes não só na campanha Vencendo no Deserto, como também em cada templo e sinagoga.

Capítulo XVIII – A Cura De Um Surdo

Em sua missão de evangelização, Jesus saindo de Tiro e de Sidom, foi até ao mar da Galileia, pelos confins de Decápolis.

E trouxeram-lhe um surdo, que falava dificilmente; e rogaram-lhe que pusesse a mão sobre ele.

E, tirando-o à parte, de entre a multidão, pôs-lhe os dedos nos ouvidos; e, cuspindo, tocou-lhe na língua.

E, levantando os olhos ao céu, suspirou, e disse:

— Efatá! — Isto é, Abre-te.

E logo se abriram os seus ouvidos, e a primeira coisa que o homem ouviu de Jesus foi:

— Não se atrase para a reunião de hoje no templo.

E ordenou-lhe Jesus que também evangelizasse, convidando pessoas para o culto da noite no templo. E todos quantos recebiam o convite perguntavam:

— Não eras tu o mudo?

E maravilhavam-se do grande milagre que sucedera em sua e número de pessoas que procuravam o templo, em busca de milagres, não parava de crescer. E, admirando-se sobremaneira, diziam:

— Tudo faz bem; faz ouvir os surdos e falar os mudos.

Capítulo XIX – O Rapaz Que Tinha Maus Espíritos

Nas suas andanças, convidando para o templo, Jesus foi visto pela multidão que ficou espantada e logo correu até ele para o saudar.

E perguntou aos que ali estavam:

— Que é que discutis com eles?

E um da multidão, respondendo, disse:

— Mestre, trouxe-te o meu filho, que tem um espírito mudo; e este, onde quer que o apanhe, despedaça-o, e ele espuma, e range os dentes, e vai definhando.

E ele, respondendo-lhe, disse:

— De sorte que hoje sexta! Levai-o à reunião de libertação, para que sejais liberto de tal espírito.

E levaram o jovem à reunião de libertação e, no momento da oração, Jesus pediu ao pai para que levasse o jovem à frente e logo o espírito o agitou com violência, e, caindo o endemoninhado por terra, revolvia-se, escumando.

E Jesus perguntou ao pai dele:

— Quanto tempo há que lhe sucede isto?

E ele disse-lhe:

— Desde a infância. E muitas vezes o tem lançado no fogo, e na água, para o destruir; mas, se tu podes fazer alguma coisa, tem compaixão de nós, e ajuda-nos.

E Jesus disse a todos no templo:

— Viram a importância de se estar no templo? O diabo quer afastar você da presença de deus. Julgais não ter tempo para o templo, enquanto o diabo ceifa as vossas vidas.

E voltando-se para o pai do rapaz, perguntou-lhe:

— Queres fazer um propósito de sete semanas para libertação do teu filho? Crês que ele pode ser liberto?

E logo o pai do menino, clamando, com lágrimas, disse:

— Eu creio, Senhor! Ajuda a minha incredulidade.

E Jesus, vendo que a multidão concorria, repreendeu o espírito imundo, dizendo-lhe:

— Espírito mudo e surdo, eu te ordeno: Sai dele, e não entres mais.

E ele, clamando, e agitando-o com violência, saiu; e ficou o menino como morto, de tal maneira que muitos diziam que estava morto.

Mas Jesus, tomando-o pela mão, o ergueu, e ele se levantou.

E Jesus abraçou o rapaz o foi aplaudido por longa salva de palmas e, pedindo silêncio, Jesus explicou:

— Essa casta de demônio só sai com jejum e muita oração.

E instituiu Jesus uma outra campanha: A campanha do jejum da libertação e todos participaram.

Capítulo XX – O "Bom" Samaritano

E eis que se levantou um certo doutor da lei, tentando-o, e dizendo:

— Mestre, que farei para herdar a vida eterna?

E ele lhe disse:

— Que está escrito na lei? Como lês?

E, respondendo ele, disse:

— Amarás ao Senhor teu Deus de todo o teu coração, e de toda a tua alma, e de todas as tuas forças, e de todo o teu entendimento, e ao teu próximo como a ti mesmo.

E disse-lhe:

— Respondeste bem; faze isso, e viverás.

Ele, porém, querendo justificar-se a si mesmo, disse a Jesus:

— E quem é o meu próximo?

E, respondendo Jesus, disse:

— Descia um homem de Jerusalém para Jericó, e caiu nas mãos dos salteadores, os quais o despojaram e, espancando-o, se retiraram, deixando-o meio morto. E, ocasionalmente passava, pelo mesmo, caminho certo sacerdote; e, vendo-o, convidou-o para o templo em Jerusalém, porém, o homem recusara o convite. E de igual modo também um levita, chegando àquele lugar, e, vendo-o, convidou para o culto no templo em Jerusalém, porém, o homem recusava-se a voltar e permaneceu onde estava. Mas um samaritano, que ia de viagem, chegou ao pé dele e, vendo-o, e aproximando-se, atou-lhe as feridas, deitando-lhes azeite e vinho; e, pondo-o sobre o seu animal, levou-o para uma estalagem, e cuidou dele; e, partindo no outro dia, tirou dois dinheiros, e deu-os ao hospedeiro, e disse-lhe: "Cuida dele; e tudo o que de mais gastares eu to pagarei quando voltar". E, após sarado, o homem continuou seu próprio caminho. Qual, pois, destes três te parece que foi o próximo daquele que caiu nas mãos dos salteadores?

E ele disse:

— O samaritano que usou de misericórdia para com ele.

Disse, pois, Jesus:

— Depende! Às vezes, alguém passa por tribulações por dar legalidade ao diabo! Note que todos os homens de deus ofereceram ajuda e foram rejeitados. Mas, o samaritano, sem compromisso nenhum com a obra de deus, foi aceito. No mundo, encontrarás todo tipo de gente; uns que querem te levar à igreja ou ao templo; outros, que simplesmente querem te convidar para tomar uma caneca de vinho. Eu vos pergunto: o que vale mais, a alma ou o corpo? Essa é a diferença que pode levá-los ao céu ou ao inferno.

Capítulo XXI – As Três Parábolas

E Chegavam-se a ele todos os publicanos e pecadores para o ouvir. E os fariseus e os escribas admiravam-se, dizendo:

— Este recebe, e come até com pecadores.

E ele lhes propôs esta parábola, dizendo:

— Qual homem, tendo cem ovelhas, e perdendo uma delas, não deixa no deserto as noventa e nove, e vai após a perdida até que venha a achá-la? E achando-a, a põe sobre os seus ombros, jubiloso; E, chegando a casa, convoca os amigos e vizinhos, dizendo-lhes: "Alegrai-vos comigo, porque já achei a minha ovelha perdida". Digo-vos que assim haverá alegria no céu por um pecador que se arrepende, e volta ao templo, mais do que por noventa e nove justos que sempre lá estão presentes e sendo abençoados. Ou qual a mulher que, tendo dez dracmas, se perder uma dracma, não acende a candeia, e varre a casa, e busca com diligência até a achar? E achando-a, convoca as amigas e vizinhas, dizendo: "Alegrai-vos comigo, porque já achei a dracma perdida". Assim vos digo que há alegria diante dos anjos de Deus por um pecador que decide fazer parte do templo.

E disse ainda:

— Um certo homem tinha dois filhos; e o mais moço deles disse ao pai: "Pai, dá-me a parte dos bens que me pertence". E ele repartiu por eles a fazenda. E, poucos dias depois, o filho mais novo, ajuntando tudo, partiu para uma terra longínqua, e ali desperdiçou os seus bens, vivendo dissolutamente. E, havendo ele gastado tudo, houve naquela terra uma grande fome, e começou a padecer necessidades. E foi, e chegou-se a um dos cidadãos daquela terra, o qual o mandou para os seus campos, a apascentar porcos. E desejava encher o seu estômago com as bolotas que os porcos comiam, e ninguém lhe dava nada. E, tornando em si, disse: "Quantos trabalhadores de meu pai têm abundância de pão, e eu aqui pereço de fome! Levantar-me-ei, e irei ter com meu pai, e dir-lhe-ei: Pai, pequei contra o céu e perante ti; já não sou digno de ser chamado teu filho; faze-me como um dos teus trabalhadores". E, levantando-se, foi para seu pai; e, quando ainda estava longe, viu-o seu pai, e se moveu de íntima compaixão e, correndo, lançou-se-lhe ao pescoço e o beijou. E o filho lhe disse: "Pai, pequei contra o céu e perante ti, e já não sou digno de ser chamado teu filho". Mas o pai disse aos seus servos: "Trazei depressa a melhor roupa; e vesti-lho, e ponde-lhe um anel na mão, e alparcas nos pés"; E trazei o bezerro cevado, e matai-o; e comamos, e alegremo-nos; Porque este meu filho estava morto, e reviveu, tinha-se perdido, e foi achado. E começaram a alegrar-se. Assim acontece quando alguém desvia-se do templo: andará no **mundo**, perderá o que tem e comerá com porcos. Porém, quando um **desviado** decide voltar ao **templo**, nunca será rejeitado pelo pai que é deus; e novamente o vestirá com sua graça e escreverá seu nome no livro da vida.

Capítulo XXII – Os Dez Leprosos

E aconteceu que, indo ele a Jerusalém, para pregar na campanha do templo, para passou pelo meio de Samaria e da Galileia

E, entrando numa certa aldeia, saíram-lhe ao encontro dez homens leprosos, os quais pararam de longe; E levantaram a voz, dizendo:

— Jesus, Mestre, tem misericórdia de nós.

E ele, vendo-os, disse-lhes:

— Ide e procurai o sacerdote do templo.

E aconteceu que, indo eles, ficaram limpos. E um deles, vendo que estava são, foi às pressas ao templo e entrou glorificando a Deus em alta voz, chamando a atenção de todos.

Jesus, reconhecendo que tratava-se de um dos leprosos que encontrara horas atrás, pediu para que fosse à frente para que fosse à frente.

E, chegando à frente, caiu aos seus pés, com o rosto em terra, dando-lhe graças; e Jesus perguntou-lhe:

— De onde és?

— Samaria! — Respondeu o homem.

E, respondendo Jesus, disse:

— Não foram dez os limpos? E onde estão os nove? Não houve quem voltasse para dar glória a Deus senão este estrangeiro?

Todos no templo permanecem em silêncio e Jesus continua:

— Muitos só querem a bênção, mas, não querem o abençoador. Este, mesmo samaritano, aqui veio aqui para agradecer. Quero fazer-te uma pergunta: Aceitas-me como teu salvador?

— Aceito! — Respondeu o homem.

Ao ouvir essa resposta, Jesus pediu para que todos estendessem a mão em direção ao homem e orou por ele.

Capítulo XXIII – O Cego Bartimeu

E depois, foram para Jericó. E, saindo ele de Jericó com seus discípulos e uma grande multidão, Bartimeu, o cego, filho de Timeu, estava assentado junto do caminho, mendigando.

E, ouvindo que era Jesus de Nazaré, começou a clamar, e a dizer:

— Jesus, filho de Abraão, tem misericórdia do teu irmão!

E muitos o estimulavam, para que insistisse; mas encontrava dificuldade em ir até Jesus, dada a ausência de visão. Então, ele apenas clamava mais:

— Filho de Abraão, tem misericórdia do teu irmão!

E Jesus, parando, disse que o chamassem; e chamaram o cego, dizendo-lhe:

— Tem bom ânimo; levanta-te, que ele te chama.

E ele, lançando de si a sua capa, levantou-se, e foi ter com Jesus. E Jesus, falando, disse-lhe:

— Que queres que te faça?

E o cego lhe disse:

— Mestre, que eu tenha vista.

E Jesus lhe disse:

— Terça, reunião dos milagres! Vá a um dos nossos templos ou sinagogas e receberás o milagre que tanto buscas.

E, Bartimeu esperou incansavelmente até o dia de terça para ir à reunião. E, lá, foi curado juntamente com tantos outros enfermos que buscavam o milagre. E passou Bartimeu a frequentar o templo não só às terças, como também em todos os dias da semana.

Capítulo XXIV – O Jovem Rico

Jesus, em sua rotina de evangelização, encontrou um certo príncipe que perguntou-lhe, dizendo:
— Bom Mestre, que hei de fazer para herdar a vida eterna?
Jesus lhe disse:
— Já me aceitastes como teu único e suficiente salvador?
E disse ele:
— Sim, já estive no templo. Um dia abençoado em meio a uma agradável multidão.
E quando Jesus ouviu isto, disse-lhe:
— Se me aceitastes, vida eterna já tens. Uma coisa então te falta: vende tudo quanto tens, entrega no templo, na campanha da prosperidade e deus multiplicará tuas riquezas como nunca antes sonhastes. O diabo quer que vos contenteis com pouco, mas, deus quer abrir as janelas dos céus.

Ouvindo isto, o jovem encheu-se de alegria e saiu a vender suas propriedades, animais e bens e para entregar tudo em oferta de sacrifício no templo.

À noite na reunião de prosperidade, Jesus chamou à frente os que iriam entregar seus sacrifícios. Todos admiraram-se ao ver os empregados do jovem príncipe levando à frente pesadas arcas que somavam mais de mil talentos de ouro.

Jesus apresentou o jovem rico ao público como referência de fidelidade e orou por ele e todos os outros para alcançarem também a prosperidade.

Capítulo XXV – Zaqueu

E, tendo Jesus entrado em Jericó, ia passando. E eis que havia ali um homem chamado Zaqueu; e era este um chefe dos publicanos, e era **rico**.

E procurava ver quem era Jesus, e não podia, por causa da multidão, pois era de pequena estatura.

E, correndo adiante, subiu a uma figueira brava para o ver; porque havia de passar por ali. E quando Jesus chegou àquele lugar, olhando para cima, viu-o e disse-lhe:

— Zaqueu, desce depressa, porque hoje me convém pousar em tua casa.

E, apressando-se, desceu, e recebeu-o alegremente.

E, vendo todos isto, murmuravam, dizendo que entrara para ser hóspede de um homem pecador.

E, levantando-se Zaqueu, disse ao Senhor:

— Senhor, eis que eu dou templo metade dos meus bens à campanha de Abraão; e, se nalguma coisa tenho defraudado alguém, darei quadruplicado em oferta à casa de deus.

E disse-lhe Jesus:

— Hoje veio a salvação a esta casa, pois também este é filho de Abraão. E a descendência de Abraão deve também descender em prosperidade; por isso, o pai restituirá ricamente a todo aquele que sacrificar e ofertar à sua casa.

Capítulo XXVI – O Projeto de Vida

E, como já se aproximava o final de mais um ano, Jesus instituiu uma nova campanha no grande templo e em todas as sinagogas de toda Judeia:

— Projeto de Vida! Eu vos digo: **andeis ansiosos** pela vossa vida, pelo que haveis de comer, beber e vestir. A própria palavra diz: "se quiserdes e me ouvirdes, comereis o melhor dessa terra". O diabo quer que vivais na miséria. Não fique calado, quem cala consente! revolte-se com essa situação.

Jesus pediu aos obreiros e diáconos que entregassem um pedaço de papiro a cada um dos presentes e em seguida orientou:

— Escrevais, no papiro que recebestes, o que desejais para o ano vindouro: uma nova casa, um novo emprego, empreendimentos, uma viagem, bênçãos nos negócios, casamento, vida conjugal ou qualquer outra benção que queirais receber de deus. Aos que não sabem escrever, peçais ajuda aos obreiros e diáconos. Trazei o papiro até o último dia desse ano, juntamente, com a sua melhor oferta. Vós me perguntais: "Mestre, qual o valor da oferta"? Eu pergunto a vós: Qual o valor do vosso sonho? Qual o valor da felicidade da vossa alma? Portanto, que a vossa oferta exceda o valor de toda quantia ofertada durante todo o ano.

E todos, em todo templo e sinagoga de toda Judeia, fizeram o seu projeto de vida para o ano vindouro e ofertaram em maior quantia como nunca antes vista no ano inteiro. E muitos, por toda Judeia, testemunharam que tudo lhes sucedera conforme, ou até melhor, daquilo que na campanha pediram.

Capítulo XXVII – Um Plano em Andamento

A repercussão e fama de Jesus e seu ministério era tal que excedia as fronteiras da Judeia e já ouvia-se até mesmo entre outras nações. Isso perturbou a mente do rei Herodes, que questionava se porventura não seria Jesus o rei prometido, cujo falecido pai teria falhado em exterminar, juntamente com outros pequeninos, há mais de trinta anos.

De semelhante modo, os romanos também preocupavam-se ao ver numerosa população tendo a um único líder a quem rendiam fiel e inabalável obediência. Além disso, a arrecadação de impostos diminuía, uma vez que tudo os fiéis granjeavam, era prontamente ofertado ao tempo, cuja arrecadação era isenta de taxas e impostos.

Pilatos, o governador romano, cogita mudanças no regime tributário Judeu para taxar também os templos, que cada vez mais são luxuosamente abundantemente levantados. Herodes, por sua vez, diz que nada pode fazer, pois, trata-se do livre exercício da fé de seu povo mantido há séculos. Porém, uma reunião será agendada para discutirem um ponto em comum: Jesus é uma ameaça tanto para a arrecadação romana, como para o trono de Herodes.

Capítulo XXVIII – A Ressurreição de Lázaro

Estava, porém, enfermo um certo Lázaro, de Betânia, aldeia de Maria e de sua irmã Marta. E Maria era aquela que tinha ungido o Senhor com unguento, e lhe tinha enxugado os pés com os seus cabelos, cujo irmão Lázaro estava enfermo.

Mandaram-lhe, pois, suas irmãs dizer a Jesus:

— Senhor, eis que está enfermo aquele que tu amas.

E Jesus, ouvindo isto, disse:

— Esta enfermidade não é para morte, mas para glória de Deus, para que o Filho de Deus seja glorificado por ela.

Ora, Jesus amava a Marta, e a sua irmã, e a Lázaro. Ouvindo, pois, que estava enfermo, ficou ainda dois dias no lugar onde estava. Depois disto, disse aos seus discípulos:

— Vamos outra vez para a Judeia. Lázaro, o nosso amigo, dorme, mas vou despertá-lo do sono.

Disseram, pois, os seus discípulos:

— Senhor, se dorme, estará salvo.

Mas Jesus dizia isto da sua morte; eles, porém, cuidavam que falava do repouso do sono.

Então Jesus disse-lhes claramente:

— Lázaro está morto; e folgo, por amor de vós, de que eu lá não estivesse, para que grandes sinais manifestem-se.

Disse, pois, Tomé, chamado Dídimo, aos condiscípulos:

— Nós cremos em ti, mestre, mesmo sem ver, sabemos que és aquele que pode todas as coisas.

Chegando, pois, Jesus, achou que já havia quatro dias que estava na sepultura (ora Betânia distava de Jerusalém quase quinze estádios).

E muitos dos judeus tinham ido consolar a Marta e a Maria, acerca de seu irmão. Ouvindo, pois, Marta que Jesus vinha, saiu-lhe ao encontro; Maria, porém, ficou assentada em casa. Disse, pois, Marta a Jesus:

— Senhor, se tu estivesses aqui, meu irmão não teria morrido. Mas também agora sei que tudo quanto pedires a Deus, Deus to concederá.

Disse-lhe Jesus:

— Teu irmão há de ressuscitar.

Disse-lhe Marta:

— Eu sei que há de ressuscitar na ressurreição do último dia.

Disse-lhe Jesus:

— Eu sou a ressurreição e a vida; quem crê em mim, ainda que esteja morto, viverá; e todo aquele que vive, e crê em mim, nunca morrerá. Crês tu isto?

Disse-lhe ela:

— Sim, Senhor, creio que tu és o Cristo, o Filho de Deus, que havia de vir ao mundo.

E, dito isto, partiu, e chamou em segredo a Maria, sua irmã, dizendo:

— O Mestre está cá, e chama-te.

Ela, ouvindo isto, levantou-se logo, e foi ter com ele (pois, Jesus ainda não tinha chegado à aldeia, mas estava no lugar onde Marta o encontrara).

Vendo, pois, os judeus, que estavam com ela em casa e a consolavam, que Maria apressadamente se levantara e saíra, seguiram-na, dizendo:

— Vai ao sepulcro para chorar ali.

Tendo, pois, Maria chegado aonde Jesus estava, e vendo-o, lançou-se aos seus pés, dizendo-lhe:

— Senhor, se tu estivesses aqui, meu irmão não teria morrido.

Jesus pois, quando a viu chorar, e também chorando os judeus que com ela vinham, moveu-se muito em espírito, e perturbou-se. E disse:

— Onde o pusestes?

Disseram-lhe:

— Senhor, vem, e vê.

Jesus chorou!

Disseram, pois, os judeus:

— Vede como o amava.

E alguns deles disseram:

— Ele ressuscitou a filha do principal da sinagoga, que acabara de morrer. Mas, como pode alguém reviver após quatro dias?

Jesus, pois, movendo-se outra vez muito em si mesmo, foi ao sepulcro; e era uma caverna, e tinha uma pedra posta sobre ela.

Jesus estendeu a mão e disse à pedra:

— Retira-te!

E a pedra moveu-se abrindo o sepulcro e todos maravilhavam-se com o que viam.

Disse-lhes Jesus:

— Não disse eu que verías a glória de deus?

E Jesus, levantando os olhos para cima, disse:

— Pai, graças te dou, por me haveres ouvido. Eu bem sei que sempre me ouves, mas eu disse isto por causa da multidão que está em redor, para que creiam que tu me enviaste.

E, tendo dito isto, clamou com grande voz:

— Lázaro, sai para fora.

E o defunto saiu, tendo as mãos e os pés ligados com faixas, e o seu rosto envolto num lenço. Disse-lhes Jesus:

— Desatai-o, e deixai-o ir.

Vendo que o defunto deixara o sepulcro, mesmo após quatro dias, achegaram-se a Jesus, familiares de outros entes também sepultados no mesmo sepulcro. Mas, como era numerosa a quantidade de pessoas, Jesus pediu para que procurassem o templo mais próximo e informassem seus nomes e dos falecidos para que recebessem a oração posteriormente.

Capítulo XXIX – A Entrada Triunfal em Jerusalém

O ministério de Jesus crescera exponencialmente em toda Judeia. Templos e sinagogas eram inaugurados em diversas vilas, aldeias e cidades. Cada um dos apóstolos, assim como vários discípulos, tornaram-se grandes líderes e auxiliavam Jesus em localidades onde não podia estar. A devoção do povo era descomunal; onde antes havia tristeza, existe alegria; onde havia depressão, existe esperança; onde havia incredulidade, existe crença e fé. Multidões aceitavam Jesus em todas as reuniões e cumpriam fielmente às campanhas e propósitos um após outro; campanhas estas que se superavam em arrecadação. E estabelecia Jesus metas de crescimento aos discípulos que prestavam contas dos números em relatórios. E tanto Jesus quantos os discípulos prosperavam abundantemente; e usavam as melhores e mais luxuosas vestimentas, também adquiriam eminentes casas e palácios, além de extensas propriedades e fazendas, e eram referência para os crentes que buscavam também estes sinais.

E Jesus visitava os principais templos de cada cidade da Judeia e, a cada visita, uma numerosa multidão juntava-se no referido templo para receber a Jesus. E, após visitar todas as cidades da Judeia, decidira Jesus retornar ao grande templo de Jerusalém.

E, quando se aproximaram de Jerusalém, e chegaram a Betfagé, ao Monte das Oliveiras, os moradores presentes viram a caravana de Jesus e os discípulos composta por luxosos carros e cavaleiros; e maravilhavam-se as pessoas por nunca antes verem tamanho esplendor, nunca antes visto, nem entre os romanos.

E muitíssima gente estendia as suas vestes e outros cortavam ramos de árvores, e os espalhavam pelo caminho.

E a multidão que ia adiante, e a que seguia, clamava, dizendo: Hosana ao Filho de Abraão; bendito o que vem em nome do Senhor. Hosana nas alturas!

E, entrando ele em Jerusalém, toda a cidade se alvoroçou, dizendo:

— Este é Jesus, o profeta de Nazaré da Galileia.

E entrou Jesus no templo de Deus, e, ao ver os que vendiam e compravam no templo, apenas lhes questionou se devolviam os dízimos e ofertas à casa de Deus. Os vendilhões disseram que sim e, portanto, Jesus não os impediu e os abençoou. E disse-lhes:

— Está escrito: "Trazei todos os dízimos à casa do tesouro, para que haja mantimento na minha casa, e depois fazei prova de mim se eu não vos abrir as janelas do céu, e não derramar sobre vós uma bênção tal até que não haja lugar suficiente para a recolherdes".

E, crendo nas palavras de Jesus, durante o culto, todos ofertaram à casa de deus. E, olhando ele, viu os ricos lançarem as suas ofertas na arca do tesouro; e viu também uma pobre viúva lançar ali duas pequenas moedas; e disse:

— Em verdade vos digo que lançou mais do que todos, esta pobre viúva; porque todos aqueles deitaram para as ofertas de Deus do que lhes sobeja; mas esta, da sua pobreza, deitou todo o sustento que tinha.

E, atemorizados com o que Jesus dissera, retornaram os ricos à arca para ofertar tudo o quanto possuíam. Vendo, então, os principais dos sacerdotes e os escribas as maravilhas que fazia, e os meninos clamando no templo: "Hosana ao Filho de Abraão". Regozijaram-se e disseram:

— Pela boca dos meninos e das criancinhas de peito tiraste o perfeito louvor.

E, deixando-os, saiu da cidade para Betânia, e ali passou a noite. E, de manhã, voltando para a cidade, teve fome; e, avistando uma figueira perto do caminho, dirigiu-se a ela, e não achou nela senão folhas. E disse-lhe: que haja fruto! E imediatamente brotaram incontáveis frutos na figueira. E os discípulos, vendo isto, maravilharam-se, dizendo:

— Como frutificou imediatamente a figueira?

Jesus, porém, respondendo, disse-lhes:

— Em verdade vos digo que, se participardes das campanhas de milagres, tiverdes fé e não duvidardes, não só fareis o que foi feito à figueira, mas podereis multiplicar tudo o quanto possuirdes. E, tudo o que pedirdes em oração, crendo, o recebereis.

Capítulo XXX – A Parábola dos Talentos

E, durante um dos cultos de prosperidade, Jesus disse-lhes uma parábola:

— Certa vez, um homem, partindo para fora da terra, chamou os seus servos, e entregou-lhes os seus bens. E a um deu cinco talentos, e a outro dois, e a outro um, a cada um segundo a sua capacidade, e ausentou-se logo para longe. E, tendo ele partido, o que recebera cinco talentos negociou com eles, e granjeou outros cinco talentos. Da mesma sorte, o que recebera dois, granjeou também outros dois. Mas o que recebera um, foi e cavou na terra e escondeu o dinheiro do seu senhor. E muito tempo depois veio o senhor daqueles servos, e fez contas com eles. Então aproximou-se o que recebera cinco talentos, e trouxe-lhe outros cinco talentos, dizendo: "Senhor, entregaste-me cinco talentos; eis aqui outros cinco talentos que granjeei com eles". E o seu senhor lhe disse: "Bem está, servo bom e fiel. Sobre o pouco foste fiel, sobre muito te colocarei; entra no gozo do teu senhor". E, chegando também o que tinha recebido dois talentos, disse: "Senhor, entregaste-me dois talentos; eis que com eles granjeei outros dois talentos". Disse-lhe o seu senhor: "Bem está, bom e fiel servo. Sobre o pouco foste fiel, sobre muito te colocarei; entra no gozo do teu senhor". Mas, chegando também o que recebera um talento, disse: "Senhor, eu conhecia-te, que és um homem duro, que ceifas onde não semeaste e ajuntas onde não espalhaste; e, atemorizado, escondi na terra o teu talento; aqui tens o que é teu". Respondendo, porém, o seu senhor, disse-lhe: "Mau e negligente servo; sabias que ceifo onde não semeei e ajunto onde não espalhei? Devias então ter dado o meu dinheiro aos banqueiros e, quando eu viesse, receberia o meu com os juros. Tirai-lhe pois o talento, e dai-o ao que tem os dez talentos. Porque a qualquer que tiver será dado, e terá em abundância; mas ao que não tiver até o que tem ser-lhe-á tirado". Lançai, pois, o servo inútil nas trevas exteriores; ali haverá pranto e ranger de dentes.

E explicou-lhes a respeito desta parábola:

— Todas as vossas conquistas são dadas por deus! Nada tendes que não vos seja dado do alto. **Certa vez, perguntaram-me se é lícito pagar os tributos a César. Eu vos pergunto: quem é maior, deus ou César? Importa que as primícias sejam para aquele que proporciona todas as coisas**. E, tudo o quanto recebestes, um, dia vos será pedido de volta. E, sendo deus, o deus da prosperidade e da multiplicação, jamais aceitará a mesma quantia que vos entregou! Portanto, tendes a responsabilidade em multiplicar o que vos foi dado para entregar, abundantemente, à casa do pai. Mas, aquele que negligencia a unção que vos foi dada, virá o devorador e consumirá a tudo o quanto possui. Em verdade vos digo: hoje é o dia da grande colheita! O que tens a entregar, hoje, é em abundância ou em migalhas? Isso definirá se entrarás ao gozo do teu senhor ou lançado nas trevas, onde haverá choro e ranger de dentes.

E, temendo as trevas, todos entregaram tudo o quanto possuíam: do menor ao maior! Todos entregaram ao templo conforme Jesus lhes orientara.

Capítulo XXXI – A Santa Ceia

Estava, pois, perto a festa dos pães ázimos, chamada a páscoa. E os principais do reino, e os generais, andavam procurando como matariam a Jesus; porque temiam o povo.

Entrou, porém, Satanás em Herodes, o rei, e foi, e falou com os principais romanos para pedir a prisão de Jesus; afinal, grandes eram os rumores de que ele já era aclamado como o rei dos judeus.

Os romanos se alegraram e concordaram, não apenas com a prisão, mas, também em confiscar as propriedades que Jesus e os apóstolos acumularam. Sabiam também que uma rebelião era iminente, uma vez que os discípulos e seguidores de Jesus eram tão numerosos como formigas no mel; ordens então foram dadas para que os centuriões reunissem seus soldados; e convinha que a prisão de Jesus fosse em público, para que o povo temesse.

Chegou, porém, o dia dos ázimos, em que importava festejar a páscoa.

E prepararam uma imensa mesa no grande templo, com toda fartura de alimentos digno de um rei dos reis. E grande era a multidão presente no templo a ponto de boa parte juntar-se também do lado de fora.

Nesse momento, tropas de soldados, armados para guerra, tomam as ruas de Jerusalém, em pontos estratégicos, e uma guarnição marcha rumo ao grande templo.

E, chegada a hora, Jesus pôs-se à mesa, e com ele os doze apóstolos. E disse-lhes:
— Desejei muito comer convosco esta páscoa, antes que resplandeça; porque vos digo que esta é a primeira de muitas que ainda havereis de comer em fartura. Amém?
— Amém! — Confirmou a multidão.

E, tomando o copo com água, e havendo dado graças, disse:
— Tomai-o, e reparti-o entre vós; porque vos digo que já não beberei eu, até que venha a ser glorificado.

E, tomando o pão, e havendo dado graças, partiu-o, e deu-lho, dizendo:
— Isto é o meu corpo, que por vós é dado; fazei isto em louvor a mim.

Semelhantemente, tomou o copo com água, depois da ceia, dizendo:
— Este copo é a nova aliança. Assim, como abundante são as águas nos rios e mares, também nada lhes faltará. Mas, eis que há alguém que há de me trair. Em verdade, o anúncio do meu nascimento gerou a morte de muitos inocentes; mas, os anjos deram-me o livramento. Porém, o diabo não descansa e age de geração em geração para cumprir as obras das trevas. Na verdade, o Filho do homem vai segundo o que está determinado; mas ai daquele homem por quem é traído!

E começaram a perguntar entre si qual deles seria o que havia de fazer isto. Nesse momento, houve uma grande agitação do lado de fora do templo: eram os soldados romanos abrindo passagem com truculência a fim de chegar até Jesus.

O culto é então interrompido e um oficial, acompanhado de uma fileira de soldados, caminha até a mesa onde Jesus e os apóstolos estão e lê uma mensagem:
— Jesus, pela autoridade do governador Pilatos, o imperador César e o rei Herodes, serás condizido à presença das autoridades sob acusação de enriquecimento ilícito, sonegação de tributos e de ser declarado rei entre os judeus.

Judas Iscariotes, o tesoureiro ministerial, ao ouvir o pedido de prisão de Jesus, pega uma das adagas que estava à mesa e ataca o arauto romano. O ataque incita e gera alvoroço em todos os participantes do culto que se voltam contra os soldados, que, por sua vez, apontam suas lanças ao público e defendem-se com seus escudos. Ao ver isso, Jesus levanta e intervém:
— Basta! Vós vens contra mim com lanças, espadas e escudos. Eu irei convosco em nome do Senhor dos Exércitos.

Jesus também dirige-se aos seus discípulos e fieis:
— Acalmai-vos... é chegada a hora do filho do homem ser glorificado.

Então, Jesus foi levado cativo e, imediatamente, Caifás, o sumo sacerdote, foi ter com os doutores e ministros do templo para negociar a anulação da prisão de Jesus e que não houvesse emprego de violência.

Capítulo XXXII – Jesus Perante Pilatos

Então levaram Jesus direto para o palácio do governador Pilatos, onde aguardou até pela manhã do dia seguinte. Durante a noite, Caifás e os doutores tentaram interceder por Jesus junto ao rei Herodes, mas, o rei lhes disse que nada poderia fazer, uma vez que seus crimes transgrediam gravemente às leis romanas. Caifás e os doutores foram então até os ministros de Pilatos para pleitear-lhe uma audiência.

Ao amanhecer, Pilatos mandou que trouxessem Jesus à sua presença. Caifás e os doutores também aguardavam para falar em favor de Jesus. Uma incontável multidão, precariamente contida pelos soldados, clamava pela soltura de Jesus do lado de fora do palácio.

Pilatos então iniciou o julgamento:

— Jesus, pesa sobre vós a acusação de enriquecimento ilícito, sem declaração de tributos, também por fomentar a sonegação entre todos os fiéis de cada templo e sinagoga e por ser declarado rei entre os judeus. O que tendes a dizer sobre tais acusações?

Caifás então tomou a palavra:

— Excelência, como sumo sacerdote do templo, falarei em nome do réu! Todo o patrimônio, tanto do réu como de cada apóstolo, estão em nome do templo, os quais advêm de ofertas voluntárias dos fiéis, portanto, são isentas de tributação. Quanto à espontânea declaração do povo, é referente a um reino espiritual, portanto, em nada desabona ou ameaça o reino ou a autoridade do rei Herodes ou do divino Tibério.

Pilatos então faz certos questionamentos:

— Quando, porventura, teve início tal ministério?

— Quando desceu do céu, trazido por anjos, em frente ao grande templo. — Respondeu Caifás.

— E quando se deu isso? — Perguntou Pilatos.

— Há três anos! — Respondeu Caifás.

— Três anos... o ministro do tesouro também está aqui presente e tem algo a dizer.

— Excelência, as contas mostram que houve uma queda vertiginosa na arrecadação de tributos. Com essa diminuição progressiva na arrecadação, não demorará para que esta província entre em colapso. — Expôs o ministro.

— Embora tenha descido do céu, testemunhas declaram que, na verdade, o réu cresceu em Nazaré após vir do Egito, logo após ter nascido em Belém. — Declarou Pilatos.

— Excelência, tais eventos não teriam relações com as acusações imputadas ao réu.

— Muito pelo contrário! Houve uma lei, de trinta e três anos atrás, ordenando a execução de todos os nascidos em Belém naquele período. Há indícios de que a mudança para o Egito teria sido para impedir o cumprimento da lei do vosso rei. — Acrescentou Pilatos.

— Excelência, estamos no período da comemoração da Páscoa; e, como de costume, apresentamos dois condenados para que nosso povo decida qual deles mereça misericórdia. — Informou Caifás.

Porém, ao ouvir o brado da multidão do lado de fora gritar o nome de Jesus, Pilatos dá sua palavra final:

— O império Romano não reconhece vossos costumes judeus; sendo assim, por todos os crimes aqui relatados, condeno Jesus à execução por crucificação, a cumprir-se imediatamente.

Capítulo XXXIII – A Crucificação

Após a sentença, Jesus foi obrigado a andar pelas ruas carregando a cruz onde seria pregado. Convinha que todos o vissem para deixar clara a soberania do rei Herodes e de Roma.

E seguia-o grande multidão de povo e de mulheres, as quais batiam nos peitos, e o lamentavam. Jesus, porém, voltando-se para elas, disse:

— Filhas de Jerusalém, não choreis por mim; logo, verás a glória de deus.

E também conduziram outros dois, que eram malfeitores, para com ele serem mortos. E, quando chegaram ao lugar chamado a Caveira, ali o crucificaram, e aos malfeitores, um à direita e outro à esquerda. E dizia Jesus:

— Pai, o castigo destes será redobrado, porquanto, levantaram-se contra um ungido de deus.

E, repartindo as suas vestes, lançaram sortes. E o povo estava olhando. E também os príncipes zombavam dele, dizendo:

— Aos outros salvou, salve-se a si mesmo, se este é o Cristo, o escolhido de Deus.

E também os soldados o escarneciam, chegando-se a ele, e apresentando-lhe vinagre. E dizendo:

— Se tu és o Rei dos Judeus, salva-te a ti mesmo.

E também por cima dele, estava um título, escrito em letras gregas, romanas, e hebraicas: "ESTE NÃO É O REI DOS JUDEUS".

E um dos malfeitores, que estava pendurado, dirigiu-se a Jesus dizendo:

— Se tu és o Cristo, salva-te a ti mesmo, e a nós.

Respondendo, porém, o outro, repreendia-o, dizendo:

— Tu nem ainda temes a Deus, estando na mesma condenação? E nós, na verdade, com justiça, porque recebemos o que os nossos feitos mereciam; mas este nenhum mal fez.

E disse a Jesus:

— Senhor, lembra-te de mim, quando entrares no teu reino.

E disse-lhe Jesus:

— Tu aceitas a derrota, mesmo estando diante daquele que pode salvar? O meu reino é onde estiver a minha presença e não há rei que isso possa impedir.

E Jesus invocou doze legiões de anjos que desceram dos céus em carros de fogo e espada em punho. Todos os soldados romanos, bem como os que escarneciam de Jesus, temeram por suas vidas e tentaram fugir, mas, foram alcançados pelos anjos e despedaçados.

Um anjo retirou Jesus da cruz e o vestiu com trajes celestiais. Jesus também mandou libertar o malfeitor que o desafiou e teve compaixão do outro, por sua falta de fé, mandando-o também soltar.

E todos os que restaram, renderam-se perante Jesus e ajoelharam perante ele dizendo:

— Este, verdadeiramente, é o Cristo, o filho de deus.

Epílogo

Templo de Jerusalém, domingo, culto da família.

Após Jesus ter vencido o exército romano, todo o império rendeu-se a ele. E todos os reis da terra estavam presentes para prestar homenagens ao rei dos reis Jesus.

Estavam também presentes todos os apóstolos, sacerdotes e doutores que sempre estiveram ao lado de Jesus, além de uma multidão tão numerosa como as estrelas do céu.

Jesus então foi ao púlpito e saudou aos presentes:

— Paz seja convosco.

— Amém! — Respondeu a multidão.

Jesus então continua:

— Antes de iniciar este ministério, estive sozinho no deserto; hoje, estou diante de uma multidão. Fiquem de pé e fechem os olhos.

Todos fazem conforme Jesus ordena.

— Imaginem todas as bênçãos que gostaríeis de receber e vejam-se desfrutando delas. Quem está vendo, diga amém!

— Amém! — Disse a multidão.

— Imaginem todos os reinos do mundo, e a glória deles. Conseguem ver?

— Amém!

— Tudo isso te darei se prostrado me adorares.